CAT ID CARD

名字： 橘寶

性別： ♀

花色： 橘

年齡： 3歲

體重： 6公斤

個性： 愛吃・懶惰

CAT ID CARD

名字： 卡荳

性別： ♀

花色： 玳瑁

年齡： 2個月

體重： 1.2公斤

個性： 活潑・體貼

橘寶的新妹妹

張元綺Yuanchi —— 著

橘寶是一隻很幸福的貓。

她的家中有舒適好睡的沙發，有可以曬太陽的大窗台，
有吃不完的小魚餅乾，還有最棒的主人按摩服務。

有一天，主人帶了一隻小貓回來。

「她的名字叫卡荳，
從今天開始就是妳的妹妹囉！
妳要好好照顧她喔！」

多了一隻小貓之後，原本舒適的沙發變得好擠，
小魚餅乾都被搶先吃完，連主人的按摩服務都變少了。

幸好窗台夠大，還躺得下兩隻貓。

這天，橘寶想到了一個把卡荳丟掉的好方法。
「我們去找寶藏吧！」

只要把卡荳帶去比家裡更舒服的地方，
她就不會回來了吧！橘寶這麼想。

隔天一早，主人出門上班了。
橘寶趁機打開窗戶，帶卡荳出發去尋寶。

走過兩條街，
她們來到了最近的藏寶地點——壽司店！

迴轉台上擺滿了各式各樣的壽司，
有鮭魚握壽司、鮪魚握壽司、
比目魚、海膽、鮭魚卵……

卡荳被眼前的美食深深吸引，
橘寶趁機偷偷跑了出去。

回到家，橘寶久違的獨自躺在窗台上，一邊曬太陽，一邊吃著整盤的小魚餅乾。

突然，有人從外面敲了敲窗戶，橘寶回過頭一看，居然是卡荳回來了！

卡荳不止貓回來了,
還帶著壽司店的生魚片回來了。

「姐姐，那間店的魚真的好好吃喔！
我多帶了一些回來，我們可以一起吃。」

第二次的尋寶探險，
她們搭公車來到了稍遠一點的魚市場。

同樣的，
橘寶先跑回家後不久，
卡荳又帶著「禮物」回來了。

「姐姐，我遇到一個很善良的攤販，
給了我好多海鮮，我們一起吃吧！」

第三次尋寶探險，
她們搭上一輛開往漁港的小貨車。

越過一座又一座的山，
終於抵達位在海邊的漁港。

這次⋯⋯卡荳總回不來了吧！

橘寶開開心心的
享受著一隻貓的日子。

一個禮拜過去了，
卡荳還沒有回家。

兩個禮拜過去了，
橘寶開始有些擔心。

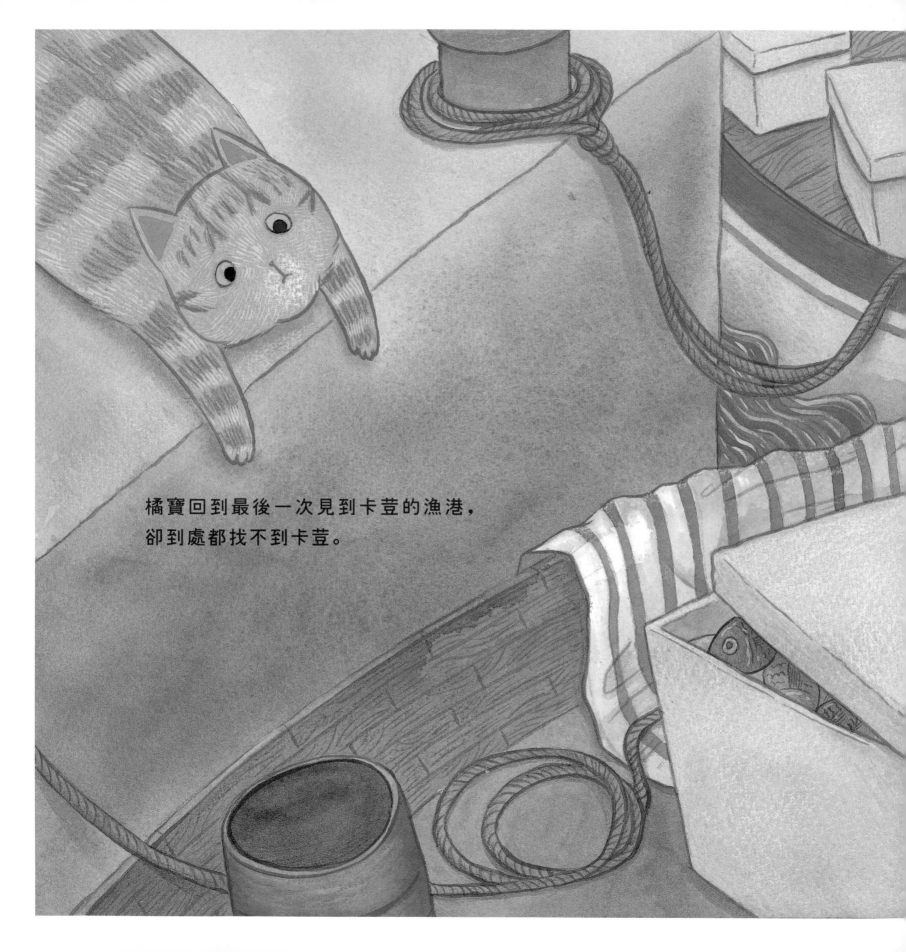

橘寶回到最後一次見到卡荳的漁港，
卻到處都找不到卡荳。

終於，橘寶在一戶人家的院子裡，
發現瘦了一圈的卡荳。

但是這裡沒有美味的海鮮，沒有舒服的屋子。

卡荳被綁在破舊的籠子邊，
盯著一碗乾巴巴的飼料發呆。

橘寶把卡荳帶回家，
幫她把髒髒的身體舔乾淨。

並且在心裡偷偷決定，
從今天起，要把卡荳當親妹妹來疼。

張元綺 YuanChi

專職插畫創作者，作品以繪本、水彩插畫為主。
大學就讀師大美術系，主修油畫、水彩等傳統繪畫。畢業後因
為擔任美術館導覽員以及兒童美術老師，接觸到更多元的創作
方式，最後發現繪本創作很適合自己。希望透過繪畫及故事，
為大家的生活帶來多一點點的溫暖。

已出版作品
- 《萌萌與他的恐龍朋友》（FLiPER 集資出版）
- 《萌萌與他的恐龍朋友》1,2,3 集（城邦文化小光點出版）

得獎、參展經歷
——2018——
- 桃園插畫大展佳作
- 美國 Communication Arts 插畫大獎入圍
- 臺灣文博會 Talent 100
- 韓國首爾國際書展
- 3×3 Contemporary Illustration 童書插畫類佳作

Witty Cats 3
 橘寶的新妹妹

作者 張元綺 YuanChi｜**副主編** 劉珈盈｜**特約編輯** 陳盈華｜**協力編輯**
黃嬿羽｜**美術設計** 張閔涵｜**執行企劃** 黃筱涵｜**發行人** 趙政岷｜**出版
者** 時報文化出版企業股份有限公司　10803 台北市和平西路三段 240 號 3
樓　**發行專線**—(02)2306-6842　**讀者服務專線**—0800-231-705‧(02)2304-7103　**讀
者服務傳真**—(02)2304-6858　**郵撥**—19344724 時報文化出版公司　**信箱**—台
北郵政 79-99 信箱　**時報悅讀網**—http://www.readingtimes.com.tw｜**法律顧問**
理律法律事務所　陳長文律師、李念祖律師｜**印刷** 勁達印刷有限公司｜**初
版一刷**　2018 年 11 月 16 日｜**定價**　新台幣 360 元｜**版權所有　翻印必究**——
時報文化出版公司成立於 1975 年，並於 1999 年股票上櫃公開發行，於 2008
年脫離中時集團非屬旺中，以「尊重智慧與創意的文化事業」為信念（缺頁
或破損書，請寄回更換）。